# Byd y GOEDEN FFWRDD-Â-NI

# Gwlad y Pethau Da

Addasiad gan Manon Steffan Ros

Lluniau'r clawr a'r cynnwys gan Alex Paterson

Mae'r testun hwn wedi'i gyhoeddi gyntaf fel penodau 16–17 o *The Magic Faraway Tree* 1943.
Cyhoeddwyd fel *The Land of the Goodies: A Faraway Tree Adventure* 2016
gan Egmont Cyf, The Yellow Buiding, 1 Nicholas Road, Llundain W11 4AN

**Y fersiwn Cymraeg**

Y cyhoeddiad Cymraeg © Atebol Cyfyngedig, Adeiladau'r Fagwyr,
Llanfihangel Genau'r Glyn, Aberystwyth, Ceredigion SY24 5AQ

Cyhoeddwyd gan Atebol Cyfyngedig yn 2017

Addaswyd i'r Gymraeg gan Manon Steffan Ros

Dyluniwyd gan Owain Hammonds

Golygwyd gan Adran Olygyddol Cyngor Llyfrau Cymru

# Enid Blyton

## Byd y
# GOEDEN FFWRDD-Â-NI

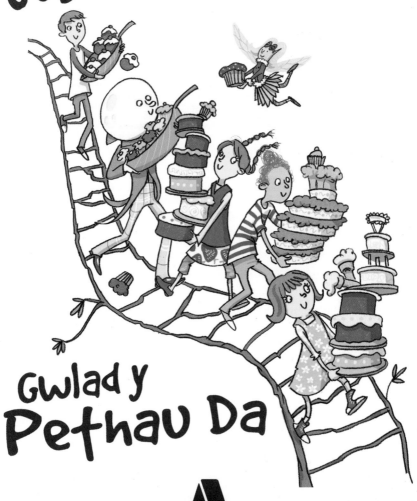

## Gwlad y
# Pethau Da

**atebol**

# croeso i fyd y
# Goeden ffwrdd-â-ni

Mae **LLOERWYN** yn byw ar ben y goeden. Mae'r **LLITHREN LITHRIG**, sy'n troelli drwy ganol y goeden, yn ei dŷ.

Mae **SIDAN** yn byw dan Lloerwyn ar y goeden. Hi yw'r dylwythen deg dlysaf a welsoch erioed.

Dyn digon od yw'r **DYN SOSBAN**. Mae ei sosbenni'n gwneud sŵn mawr pan maen nhw'n taro yn erbyn ei gilydd, ond dydi o ddim yn clywed rhyw lawer.

# Nodyn gan Gnocell y Coed

Ar y cyfan, plant da iawn oedd Joseff, Bethan, Jini a Rhys, ond roedd y pedwar wedi bod braidd yn **ddireidus yn ddiweddar.** Roedd Rhys a Joseff wedi ffraeo, ac wedi torri bwrdd bach wrth baffio.

Yna, roedd Bethan wedi **llosgi** lliain bwrdd wrth ei smwddio – a rhwygodd Jini dwll yn ei dillad wrth hel mwyar duon.

'Rydych chi'n ddiofal iawn yn ddiweddar,' dwrdiodd Mam. 'Joseff, gwell i ti drwsio'r bwrdd bach. Rhaid i ti ei helpu o, Rhys, ac os clywa i sŵn ffraeo, mi gewch chi fynd yn syth i'ch gwlâu! Jini, pam na wnest ti wisgo hen ddillad i hel mwyar duon, fel dywedais i? Bydd raid i ti drwsio'r tyllau 'na rŵan.'

A bu'n rhaid i Bethan olchi'r lliain bwrdd i gael gwared ar y marciau.

'Dyna drueni fod popeth wedi digwydd yr wythnos 'ma,' cwynodd Joseff wrth Rhys wrth i'r ddau drwsio'r bwrdd.

'Bydd Gwlad y Pethau Da wedi mynd cyn i ni gyrraedd! Fedra i ddim gofyn i Mam a Dad a gawn ni fynd i'r Goeden Ffwrdd-â-ni. Maen nhw'n siŵr o ddweud na.'

'Bydd Lloerwyn a'r lleill yn disgwyl amdanom ni,' meddai Bethan, bron yn ei dagrau.

3

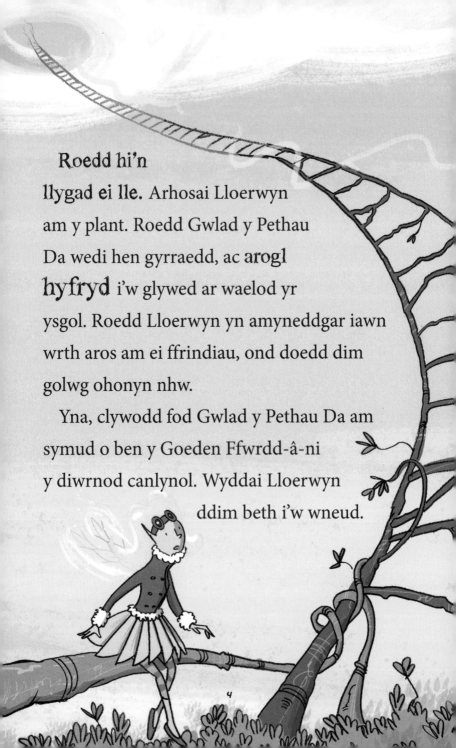

Roedd hi'n llygad ei lle. Arhosai Lloerwyn am y plant. Roedd Gwlad y Pethau Da wedi hen gyrraedd, ac arogl hyfryd i'w glywed ar waelod yr ysgol. Roedd Lloerwyn yn amyneddgar iawn wrth aros am ei ffrindiau, ond doedd dim golwg ohonyn nhw.

Yna, clywodd fod Gwlad y Pethau Da am symud o ben y Goeden Ffwrdd-â-ni y diwrnod canlynol. Wyddai Lloerwyn ddim beth i'w wneud.

4

'Dwi eisiau aros am y plant, ond dydw i ddim am fethu Gwlad y Pethau Da,' dywedodd wrth Sidan. 'Gwell i ni anfon nodyn. Efallai nad ydyn nhw'n gallu dod.'

Felly ysgrifennodd lythyr, ac aeth i ofyn i'r dylluan fynd â fo. **Ond roedd honno'n cysgu!** Felly gofynnodd i gnocell y coed a oedd yn byw mewn twll ym moncyff y goeden, a chytunodd yr aderyn i fynd â'r llythyr.

**Cariodd y llythyr yn ei phig.** Daeth o hyd i fwthyn y plant, a churodd ar y ffenest gyda'i phig.

'**Cnocell y coed!**' meddai Joseff mewn syndod. 'Welwch chi'r plu coch ar ei phen? Mae ganddi lythyr i ni!'

Agorodd y ffenest.

Edrychodd Mam yn syn ar yr aderyn hardd ar sil y ffenest.

Darllenodd Joseff y llythyr i'r lleill. Edrychodd pawb ar ei gilydd yn ddigalon braidd. Roedd hi mor drist meddwl bod

Gwlad y Pethau Da ar fin symud, ac na fyddai'r plant yn gallu mynd yno.

'Dywed wrth Lloerwyn ein bod ni wedi cambihafio ac yn methu dod y tro hwn,' meddai Joseff wrth y gnocell.

Lledodd ei hadenydd, ac roedd ar fin hedfan pan siaradodd Mam yn sydyn.

'Aros funud,' meddai wrth yr aderyn. Yna trodd at Joseff. 'Darllen y nodyn eto,' meddai.

Darllenodd Joseff yn uchel:

'**Gwlad y Pethau Da?**' meddai Mam mewn syndod. 'Wel wir! Chlywais i 'rioed ffasiwn beth. Mae'n siŵr fod llawer o bethau blasus i'w bwyta yna – dyna pam rydach chi eisiau mynd, yntê?

Wel, rydych chi wedi bod braidd yn ddrygionus yn ddiweddar ... ond chwarae teg, rydach chi wedi gwneud eich gorau i drwsio pethau. Mi gewch chi fynd yno fory!'

'Mam! O Mam, DIOLCH!' gwichiodd y plant.

'Diolch yn fawr, Anti Poli,' meddai Rhys gan ei chofleidio. 'Am antur!'

'Dywed wrth Lloerwyn y byddwn ni yno fory,' meddai Joseff wrth y gnocell. Nodiodd honno ei phen coch cyn hedfan yn ôl i'r Goedwig Hud.

## Pennod 2
# Yng Ngwlad y Pethau Da

Roedd y plant yn llawn cyffro.

'Wna i ddim cael brecwast yn y bore,' meddai Bethan. 'Dwi am fod ar lwgu yn cyrraedd Gwlad y Pethau Da!'

'Syniad campus!' atebodd Rhys. 'Wna i ddim cael swper heno, chwaith!'

Felly pan ddaeth yr amser i fynd i'r Goedwig Hud, roedd pawb yn llwglyd iawn!

Rhedodd y plant at y Goeden
Ffwrdd-â-ni, a dringo i fyny'r
canghennau mor gyflym â'r gwynt.

'Gobeithio bod 'na gacennau yno!'
meddai Joseff.

'Dwi eisiau gwledd gyfan,' mynnodd
Rhys yn farus.

'Brysiwch, wir!' dywedodd Joseff.
'Ew! Dwi eisiau bwyd!'

**Gwaeddodd** y plant enw Lloerwyn wrth gyrraedd pen y goeden, a rhedodd yntau allan o'i dŷ ar unwaith.

'O, **bendigedig!**' meddai. 'Rydach chi'n gynnar. Sidan, maen nhw wedi cyrraedd! Beth am alw ar y Dyn Sosban? Mae o gyda Betingalw. Dwi'n siŵr y bydd o wrth ei fodd yn dod gyda ni.'

Cyn bo hir, roedd saith ohonyn nhw'n
**dringo'r ysgol** i Wlad y Pethau Da,
a phawb yn ysu am gael gweld y lle.
A wir i chi, roedd o'n lle gwell nag
oedd unrhyw un wedi ei ddychmygu!

Gwlad fach oedd hi, gyda thai a siopau pitw, cam, a phob adeilad wedi ei greu o fwyd! Roedd y tŷ cyntaf a welodd y plant yn ddigon o sioe.

'Edrychwch ar y tŷ yma!' meddai Joseff. 'Mae'r waliau wedi eu gwneud

o siwgr, a'r simneiau yn **siocled,** a'r siliau
ffenest yn ddarnau o **dda-da mintys!'**

'Ac edrychwch ar y siop yna!' meddai Rhys.
'Waliau **siocled** a drws **marsipán!** A'r siliau
ffenest yn **deisen sinsir!'**

Roedd Gwlad y Pethau Da yn lle anhygoel.
Roedd popeth yn fwytadwy! Yna, gwelodd y
plant goed a pherthi ...

'Bobl annwyl! Mae gan y goeden yma
deisennau ar ei brigau!'

'Ac mae 'na gacennau bach yn dechrau
blaguro ar yr un yna! Coeden gacennau!'

'A beth am hwn? Mae 'na flodau mawr, gwyn fel platiau ar y llwyn yma, ac mae 'na hufen iâ ynghanol pob blodyn! Beth am i ni flasu peth?'

Roedd yr hufen iâ o ganol y blodau yn fendigedig!

Tyfai perth fach gerllaw gyda llawer o ffrwythau od, fel aeron caled, amryliw, drosti. Er mawr syndod i bawb, wrth eu hel, gwelodd y plant mai lolipops oedden nhw, yn tyfu o ganol y berth!

24

'O, hyfryd!' meddai Joseff, oedd yn hoff iawn o lolipops. 'Ew, edrychwch ar y ffens draw fan'cw. Mae hi'n edrych fel marshmalo!'

A dyna oedd hi. Rhwygodd y plant ddarnau o'r ffens, a **chnoi'r** marshmalo meddal. Doedd neb wedi blasu unrhyw beth mor hyfryd erioed o'r blaen.

Roedd y siopau hefyd yn llawn o fwydydd hyfryd ac yn werth eu gweld. Aeth Joseff i siop gŵn poeth, a gwylio'r rholiau bara yn dod allan o grombil y peiriant mawr.

Person digon od yr olwg oedd yng ngofal y peiriant. Roedd o'n fflat ac yn frown euraid, ac roedd ganddo lygaid fel cyrens.

'Dwi'n meddwl mai dyn sinsir ydi o!'
sibrydodd Joseff. 'Mae o'n debyg i'r rhai mae
Mam yn eu gwneud i ni.'

Cafodd y plant gi poeth yr un, ac allan â
nhw â llond eu cegau.

Aeth y plant i mewn i'r siop nesaf, oedd yn gwerthu cacennau mawr, hyfryd. Roedd rhai yn binc, rhai yn felyn, a'r lleill yn wyn.

'Dy enw, os gweli di'n dda?' gofynnodd y siopwraig fach lon, ar ôl i Bethan ofyn am gacen.

'Bethan,' atebodd y ferch. Yna, ymddangosodd ei henw ar eisin y gacen mewn llythrennau mawr!

Wrth gwrs, roedd pawb arall eisiau cacen wedyn, er mwyn cael gweld eu henwau'n ymddangos!

'Wnawn ni byth fwyta'r rhain i gyd,' meddai
Lloerwyn wrth syllu ar y saith cacen ar y
bwrdd. Ond wyddoch chi, roedd y cacennau
**mor flasus,** diflannodd y cyfan, pob
tamaid!

# Rhys Mewn Trafferth

Crwydrodd pawb o siop i siop yn blasu pob math o ddanteithion. Cawl tomato, wyau blasus, cacennau sinsir, bysedd siocled, hufen iâ, a dyn a ŵyr beth arall!

'Dyna fo! Dwi'n llawn dop!' meddai Sidan o'r diwedd. 'Mi fydda i'n sâl os gwna i fwyta un briwsionyn arall.'

'O Sidan, paid â stopio!' meddai Rhys. 'Mae gen i ddigon o le ar ôl yn fy mol!'

'Paid â bod yn farus, Rhys,' dwrdiodd Joseff. 'Dwi'n meddwl ei bod hi'n hen bryd i ni stopio.'

'Wna i ddim!' atebodd Rhys yn benderfynol.

'Bydda'n ofalus,' meddai Joseff. 'Os wyt ti'n bwyta mwy, bydd dy fol yn chwyddo a wnei di ddim ffitio i lawr y twll i fynd adref! Paid â mynd i fwy o siopau, Rhys.'

'O, iawn 'ta,' atebodd Rhys yn bwdlyd.

Ond er na aeth Rhys i fwy o siopau,
wyddoch chi beth wnaeth o? Torrodd ddarn
o sil ffenest sinsir, a chymryd dolen o ddrws –
un fawr o flas da-da mintys, a sugnodd Rhys
arni'n awchus.

Doedd y lleill ddim wedi gweld Rhys yn
gwneud hyn ... ond fe welodd perchennog y tŷ.
Rhedodd drwy'r drws yn ddig.

'Hei! Hei!' bloeddiodd yn flin. 'Tyrd â
dolen fy nrws yn ôl, yr hen fachgen drwg i ti!'

Trodd Joseff a'r lleill at y dyn mewn syndod.
Dim ond Rhys oedd yn deall am beth roedd y
dyn yn sôn.

'Dolen?' gofynnodd Joseff. 'Pa ddolen?
Wnaethon ni ddim byd o'i le.'

'Mae'r hen fachgen drwg yna'n bwyta dolen
fy nrws!' Pwyntiodd y dyn at Rhys. 'Un hyfryd
oedd hi, wedi ei gwneud o dda-da mintys, a
nawr mae hi ym mol y bachgen yna!'

Syllodd pawb ar Rhys. Aeth yntau'n goch
fel tomato. Roedd briwsion o'r ddolen dros ei
geg a'i ên!

'Wnest ti ddwyn dolen y drws?' holodd
Joseff wrth syllu'n flin ar Rhys. 'Beth ddaeth
dros dy ben di?'

'Wnes i ddim meddwl,' atebodd Rhys, gan
lyncu'r gweddill yn sydyn. 'Roedd hi'n edrych
mor flasus. Mae'n wir ddrwg gen i.'

'Hy!' meddai'r dyn blin. 'Dydy dweud hynny ddim yn mynd i ddod â dolen fy nrws i 'nôl! Gwell i ti ddod i eistedd yn fy nhŷ tan ei bod hi'n amser mynd adref. Chei di ddim crwydro o gwmpas y wlad 'ma'n bwyta pob dim!'

'Gwell i ti fynd efo fo, Rhys,' meddai Joseff. 'Fe ddown ni i dy nôl di cyn mynd. Fyddwn ni ddim yn hir. A beth bynnag, rwyt ti wedi cael hen ddigon i'w fwyta!'

Felly bu'n rhaid i Rhys druan eistedd ar stôl fach yn nhŷ'r dyn blin, ac aros yn llonydd wrth i'r lleill barhau â'r antur.

'Fedrwn ni ddim aros yn hir,' meddai
Lloerwyn. 'Bydd y wlad yma'n symud cyn hir.
W! Edrychwch – mefus a hufen!'

Syllodd y plant. Welodd neb erioed y ffasiwn
beth o'r blaen.

Tyfai'r mefus ar blanhigion, wrth gwrs, ond
roedd hufen trwchus ar bob un!

'Ac mae 'na siwgr!' meddai Joseff gan
gasglu mefusen. 'Edrychwch, mae 'na fymryn
o siwgr eisin ar hon ... mmm ... mae'r hufen
yn fendigedig!'

# Syniad Joseff

Roedd pawb wrth eu boddau gyda'r mefus a'r hufen, a dyna pryd y cafodd Joseff syniad penigamp.

'Beth am fynd â rhai o'r bwydydd adref gyda ni?' awgrymodd. 'Byddai Betingalw wrth ei fodd gyda tharten eirin, a byddai Picsi Blin yn hoff o'r blodau hufen iâ yna, a Gwladys Golch yn gwirioni ar y mefus yma.'

'A byddai Mam yn hoffi llawer o'r danteithion hefyd,' ychwanegodd Bethan.

Felly dechreuodd pawb gasglu pwdinau a tartenni a chacennau. Am sbort! Roedd cymaint o geirios yn y darten, dechreuodd y sudd ddiferu dros goesau Lloerwyn.

'Rwyt ti angen bath, Lloerwyn!' meddai Sidan. 'Rwyt ti'n borffor i gyd!'

Bu bron iddyn nhw anghofio casglu Rhys,
druan. **Curodd** Rhys ar ffenest tŷ'r dyn
blin wrth i'r lleill basio.

'Bobl! Bu bron i ni anghofio am Rhys!'
meddai Bethan. 'Rhys! Rhys! Tyrd! Rydan
ni'n mynd!'

Rhedodd Rhys o'r tŷ. Galwodd y dyn blin
ar ei ôl. 'Paid ti â bwyta yr un ddolen BYTH
eto!'

'Ew, be ydi hyn?' gofynnodd Rhys mewn syndod wrth weld y wledd o fwydydd blasus oedd wedi'i chasglu. 'Ein swper ni?'

'Rhys! Sut alli di feddwl am swper ar ôl bwyta gymaint?' meddai Joseff. 'Dwi'n siŵr na fydda i'n gallu bwyta'r un briwsionyn arall tan fory! Na, i Betingalw a Gwladys Golch a Mam mae'r rhain. Tyrd! Mae Lloerwyn yn dweud y bydd y wlad yma'n symud cyn bo hir.'

I lawr yr ysgol â phawb, a thrwy'r twll yn y cymylau. Cyn bo hir, roedd pawb wedi cyrraedd y gangen tu allan i dŷ Lloerwyn.

Rhys oedd yr olaf, a llithrodd i lawr yr
ysgol gan lanio ar ben pawb arall, a gwneud i'r
tartenni, y cacennau a'r pwdinau hedfan i
bob cyfeiriad.

I lawr â'r pethau da, gan **daro'r**
canghennau wrth syrthio. Syllodd y plant
ar eu holau'n ddigalon.

Yna daeth bloedd flin i fyny o waelod y goeden. 'Pwy sydd wedi taflu tarten geirios ata i? Arhoswch i mi gael gafael arnoch chi! Dwi'n geirios a sudd gludiog o 'ngorun i'm sawdl! O, o!'

Yna, daeth gwaedd arall
gan lais gwahanol. 'Tarten
eirin yn fy nhwba golchi!
Da-da mintys dros fy ffrog!
O, yr hen bethau drwg i chi!
Dwi'n dod i fyny i'ch dwrdio
chi, ydw wir!'

A daeth llais Picsi Blin
hefyd, ac ew, roedd o'n bicsi
blin iawn!

'Hufen iâ ar fy nhrwyn!
Hufen iâ dros fy nghrys!
Hufen iâ yn fy mhocedi!
Beth nesaf? Pwy sy'n
gyfrifol am hyn? Arhoswch i
mi gael gafael ar y plant 'na!'

Clustfeiniodd y plant. Roedden nhw eisiau chwerthin ond roedden nhw'n ofnus hefyd.

'Tarten eirin yn nhwba golchi Gwladys Golch!' chwarddodd Joseff.

'Hufen iâ ar drwyn Picsi Blin!' meddai Bethan.

'Edrychwch, maen nhw'n dod!' gwaeddodd Joseff mewn braw. 'Ai Betingalw ydi hwnna?'

Syllodd pawb i lawr.

Ia, Betingalw oedd yno, yn edrych yn ddig. Pwysodd Sosban ychydig yn rhy bell dros y brigau a bu bron iddo syrthio. Cydiodd Rhys ynddo mewn pryd, ond syrthiodd un o'i degellau'n glatsh i lawr.

Bownsiodd y tegell i lawr y canghennau a glanio ar ben mawr Betingalw! Bloeddiodd Betingalw'n uchel.

'Ti sydd yna, Sosban, yn taflu pethau i lawr y goeden? Yr hen gena' i ti! Bydd 'na le 'ma pan ga i afael arnat ti, ac unrhyw un arall sydd gyda thi, hefyd!'

'Bydd wir! Bydd 'na le 'ma!' dwrdiodd Gwladys Golch.

'Rydach chi'n llygad eich lle – bydd 'na goblyn o le 'ma!' ychwanegodd Picsi Blin.

## Pennod 5
# Dweud y Drefn wrth Lloerwyn

'Bobl bach!' meddai Joseff mewn braw.
'Mae'n debyg fod Gwlad Dweud y Drefn
ar fin cyrraedd y Goeden Ffwrdd-â-ni!
Gwell i ni fynd adref, a gwell i tithau gau dy
ddrws, Lloerwyn. Mi gei di a Sosban a Sidan
orwedd yn y gwely a smalio'ch bod chi'n
cysgu. Efallai bydd y rhai blin yn meddwl mai
pobl o Wlad y Pethau Da a daflodd pethau
atyn nhw wedyn!'

'Dylai Rhys
aros yma, gan mae
ei fai o ydi hyn i gyd!' meddai
Lloerwyn. 'Bwyta dolen drws
rhywun, ac yna syrthio ar ein pennau
ni i gyd!'

'Dwi am fynd i lawr y llithren lithrig
gyda'r lleill,' meddai Sidan, oedd ag ychydig
o ofn Betingalw pan oedd o wedi colli ei
dymer.

'Mi fedra i ddringo i 'nhŷ a chloi'r drws cyn i'r bobl flin gyrraedd. Gwell i ti fynd gyda'r lleill, Sosban.'

Cytunodd Sosban, ac felly llithrodd i lawr y llithren lithrig gyda'r plant a Sidan.

**Cael a chael oedd hi hefyd,** gan fod
Betingalw ar fin cyrraedd drws Lloerwyn
pan ddiflannodd Joseff i lawr y llithren.

Roedd Lloerwyn wedi cau'r drws,
ac roedd o'n gorwedd ar ei wely yn
smalio cysgu. Curodd Betingalw'n
galed ar y drws.

Nid atebodd Lloerwyn.

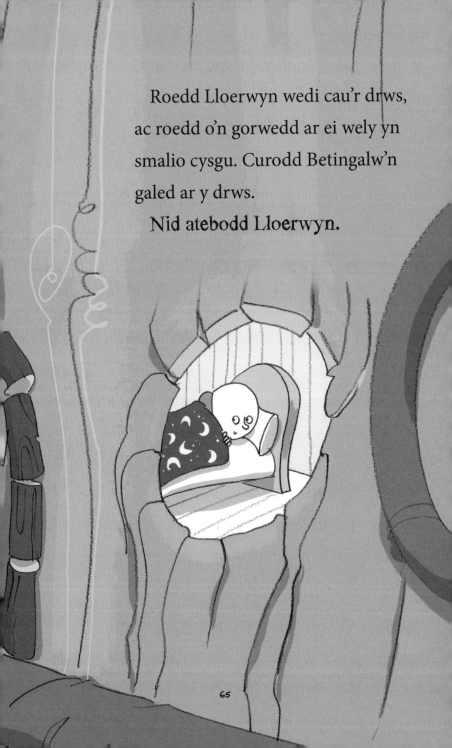

Edrychodd Betingalw drwy'r ffenest.

'Deffra, Lloerwyn! Hei! Deffra!'

'Be sy'n bod?' gofynnodd Lloerwyn mewn
llais cysglyd, gan eistedd i fyny a rhwbio'i lygaid.

Daeth Gwladys Golch a Picsi Blin i mewn hefyd. Roedd hufen iâ fel lluwch eira drosto, ac roedd lympiau o geirios dros Betingalw.

**Roedd pawb yn gandryll.**

'Pwy daflodd yr holl fwyd i lawr y goeden?' gofynnodd Betingalw. 'Ai Sosban daflodd y tegell yna? **Yr hen gena' iddo fo!**'

'Am be yn y byd ydach chi'n sôn?' holodd
Lloerwyn, gan smalio bod mewn penbleth.
'Ew! Rwyt ti'n geirios i gyd, Betingalw!'

'A thithau hefyd!' bloeddiodd
Betingalw gan weld y sudd piws ar drowsus
Lloerwyn. 'Ti daflodd y darten yna ar fy
mhen! O bobl bach, dwi'n wyllt gacwn
am hyn!'

Brysiodd y tri at Lloerwyn yn ddig, ond
llamodd yntau draw at y llithren lithrig, ac i
lawr â fo mewn chwinciad.

Roedd Sidan wrthi'n ffarwelio â'r plant pan ymddangosodd Lloerwyn yn y drws bach ar waelod y goeden. Syllodd pawb arno'n **gegagored.**

'Ew! Mae'r lleill wedi dweud y drefn wrtha i!' wylodd Lloerwyn. 'Ar ôl gweld y sudd ar fy nillad, roedden nhw'n siŵr mai fi daflodd y danteithion. Mae arna i ofn mynd yn ôl!'

'Lloerwyn druan!' meddai Joseff. 'Bai Rhys oedd y cyfan. Beth am i Sidan ddringo'n ôl i'w thŷ, ac fe gei

di a Sosban ddod i aros gyda ni heno. Mae Rhys a finnau'n ddigon hapus i gysgu ar y soffa, ac mi gewch chi'n gwlâu ni. Bydd dim ots gan Mam.'

'Diolch!' meddai Lloerwyn. 'Bydd hynny'n hwyl. O, dyna drueni fod Rhys wedi syrthio a bod yr holl bethau blasus wedi cael eu gwastraffu!'

Ni ddywedodd Rhys yr un gair ar y ffordd adref. Roedd o'n teimlo'n ofnadwy. Druan â Rhys – byddai o'n siŵr o gofio am ei daith i Wlad y Pethau Da am amser maith!